| 天
Borderless
| 下

天 下 ， 在 乎 正 义 和 你

RÉFLEXIONS SUR
LA GUILLOTINE

思索断头台

[法] 阿尔贝·加缪／著　　Albert Camus　　　刘　婷／译

法律出版社　LAW PRESS·CHINA
·北京·

图书在版编目（CIP）数据

思索断头台/(法)阿尔贝·加缪著；刘婷译.
北京：法律出版社，2024. -- ISBN 978-7-5197-9620-4
Ⅰ.I565.65
中国国家版本馆CIP数据核字第2024JA2083号

思索断头台
SISUO DUANTOUTAI

作　　者：	［法］阿尔贝·加缪
译　　者：	刘　婷
责任编辑：	柯　恒　王　珊
特约编辑：	艾学濛
装帧设计：	鲍龙卉
出版发行：	法律出版社
编辑统筹：	学术·对外出版分社
责任校对：	裴　黎
责任印制：	胡晓雅　宋万春
经　　销：	新华书店
开　　本：	880毫米×1230毫米　1/32
印　　张：	3
字　　数：	33千
版　　本：	2024年11月第1版
印　　次：	2024年11月第1次印刷
印　　刷：	北京盛通印刷股份有限公司
书　　号：	ISBN 978-7-5197-9620-4
定　　价：	**29.00元**

版权所有·侵权必究

销售电话：010-83938349　客服电话：010-83938350　咨询电话：010-63939796
地　　址：北京市丰台区莲花池西里7号(100073)
网　　址：www.lawpress.com.cn
投稿邮箱：info@lawpress.com.cn
举报盗版邮箱：jbwq@lawpress.com.cn
凡购买本社图书，如有印装错误，我社负责退换。电话：010-83938349

在1914年战争爆发的前夕,阿尔及尔的一名杀人犯因犯下令人发指的罪行而被判处死刑。这名农业工人残忍地屠杀了农夫一家,甚至连无辜的孩子也不放过。在犯下这桩滔天罪行后,他还偷窃了受害者的财物,其罪孽之深重令人震惊。这起案件在当时引起了极大的轰动,人们对这种残忍行径感到愤怒和恐惧。许多人认为,对于这样一个恶魔般的罪犯,斩首这种刑罚显得过于仁慈[*]。我父亲对

---

[*] 1792年至1977年,法国的死刑多以断头台执行;某些危害国家安全罪的死刑,才以枪决执行。1981年密特朗当选为法国总统后正式通过了废除死刑的决议。——译者注

这起涉及儿童的谋杀案尤为愤慨。我对父亲的了解有限[*]，但我听说他渴望亲眼见证这次处决，这是他人生中第一次也是唯一一次目睹此类场景。在那个深夜，他醒来后便匆匆赶往城市另一端的刑场，成为围观群众中的一员。然而，他回家后却对此事只字不提。我母亲告诉我，他当时面色苍白，神情恍惚，一言不发地躺在床上，不久后便开始剧烈呕吐。那一刻，他终于意识到了那些冠冕堂皇的言论背后所掩盖的残酷现实。从此以后，他不再提及那些被屠杀的儿童，却始终无法忘记那个即将被斩首、在木板上痛苦挣扎的身躯。

我们必须承认，期望通过这种仪式性的行为来平息一个单纯而正直的人的愤怒，简直荒谬至极。

---

[*] 加缪的父亲卢西恩·加缪（Lucien Auguste Camus）在小加缪出生后不久便死于第一次世界大战战场。——译者注

这个人最初坚信罪犯应该受到更加严厉的惩罚，然而，当他目睹了处决的过程后，却只感受到了对自己灵魂的深深伤害。当至高无上的正义只能让受其庇护的正直之人感到恶心时，我们很难相信正义真的促进了城市的和平与秩序，这原本是正义的最初意义。相反，这种所谓的最高正义给人带来的反胃感受，不亚于犯罪本身所带来的冲击。这次处决并没有修复社会的创伤，反而在原有的伤口上增添了新的伤痕。整个处决过程令人难以忘怀，以至于没有人敢直接谈论这个仪式。负责记录这一过程的官员和记者似乎也意识到了这次处决既是一种挑衅又是一种耻辱，他们已经在这个问题上建立了一种程式化的语言，将其简化为刻板的公式。因此，在早餐时刻，我们在报纸的一隅读到那个被判刑的人"偿还了他对社会的债务"，或者他"赎罪"了，又或者"早晨五点，正义得以伸张"。官员们将被判刑的人称为"当事人"或"死者"，或者用一个缩写（C.A.M.）来指代他：被执行死刑的人[*]。我敢说，人们只能小声谈论。在我们这个文明的社会里，认识到一种疾病的严重性便意味着我们不敢直接谈论它。很多年以来，中产阶级家庭中，人们只会说大女儿的肺部很虚弱，或者父亲身体里有"肿块"，因为人们认为结核病和癌症有点令人羞愧。毫无疑问，死刑就像是癌症，因为每个人都试图通过委婉的措辞来谈论它，只是有一点区别，即没有人提到过癌症的必要性。相反，人们普遍认为死刑是一种令人遗憾但必要的手段，杀人是合理的，因为是必需的，而拒绝谈论则是因为这种手段的确令人遗憾。

我却决定公开讨论这个问题。我对丑闻毫无兴

---

[*] C.A.M.，被执行死刑的人，Condamné à Mort 的缩写。——译者注

趣，也没有任何病态的倾向。作为一个作家，我坚决反对放纵；作为一个普通人，我认为当人们陷入不幸的境地而无法选择时，沉默是唯一的应对方式。然而，当沉默抑或花言巧语延续了对受害者的伤害和痛苦时，我们必须毫不犹豫地选择直言不讳，揭露隐藏在华丽措辞背后的丑陋真相。法国与西班牙和英格兰一起成为铁幕另一侧仍然保留死刑的少数国家之一。由于公众的冷漠和无知，这种原始的仪式仍然存在，公众只知道接受官方灌输给他们的言辞。当想象力沉睡时，文字就失去了意义，就像一个聋人无动于衷地记录一个人的定罪。然而，一旦向公众展示这台执行死刑的机器，让他们亲自触摸木头和铁，听到头颅落地的声音，他们的想象力就会猛然觉醒，他们会立即拒绝使用那些词汇和刑罚。

当纳粹在波兰公开处决人质时，为了防止人质高呼反抗和自由的口号，便用绷带封住了他们的嘴巴，然后再涂抹上石膏。将无辜的受害者和被判有罪的犯人相提并论无疑是极不道德的。然而，我们不能忽视一个事实，那就是在我国，除罪犯之外，还有其他人被送上了断头台，而且执行死刑的方式都是一样的。我们用含糊的措辞来淡化死刑的残酷性，在缺乏充分实际调查的情况下，我们很难确定死刑的合理性。我们与其坚称死刑是绝对必要的，不如深入探讨其本质，审视其是否真的有存在的必要，而不是回避这个问题。

我坚信死刑不仅毫无意义，而且可能带来严重的危害。在深入探讨这个问题之前，我想明确地表达我的立场。如果向大家宣布我在短短数周的调查和研究后就形成了这个观点，那绝对是在撒谎。同时，我的结论也并非来源于感性认知。我努力与那些多愁善感的人道主义者保持距离，因为他们容易混淆价值观和责任，模糊对犯罪等级的定义，最终导致无辜人士失去他们的权利。与许多当代意见领袖不同，我不认为人类天生是社会动物。实际上，我持相反的观点。然而，我也认为人类无法在缺乏法律支撑的社会中生存。因此，合理且有效的法律对人的生死存亡具有至关重要的意义。法律的价值在于其在特定时空背景下对社会产生的积极影响。多年来，我一直将死刑视为一种令人难以想象的折磨，是被理性所谴责的混乱状态。尽管我曾怀疑想象力可能影响了我的判断，但在最近几周的研究中，我并未找到任何证据来强化或改变我的观点。相反，我还发现了一些新的论据。如今，我完全赞同库斯勒（Koestler）^{*}的观点：死刑玷污了

---

* 匈牙利犹太裔英国作家、记者和批评家。他的著作《思索绞刑架》（Reflextions on Hanging）介绍了死刑在英国的执行方式，明确指出反对死刑的理由。这篇文章同加缪的《思索断头台》合并为一本书于1957年在法国出版，名为《思索死刑》（Réflexion sur La Peine Capitale）。——译者注

我们的社会，其支持者无法为其提供合理的辩护。我不想重复他的主要论点，也不打算堆砌过多的事实和数据，因为让·布洛赫-米歇尔（Jean Bloch-Michel）*在其文章中已经进行了精确的阐述。接下来，我将基于库斯勒的思想进一步推理，探讨为何我们应立即废除死刑。

众所周知，支持死刑的主要理由是其所具有的威慑作用。对罪犯施以极刑并不仅仅是为了惩罚他们，更是为了向潜在的犯罪分子发出警告，以儆效尤。社会的立场并非寻求报复，而是致力于预防犯罪。当罪犯的头颅被高高悬挂时，那些正在考虑犯罪的人便能在这一恐怖的场景中预见到自己可能面临的命运，从而心生畏惧，放弃犯罪的念头。

---

* 法国作家、编辑。他为《思索绞刑架》撰写了前言。——译者注

这一观点看起来无比令人信服，但实际却经不起推敲。我们要思索以下几点：

1. 社会本身并不真正相信其所宣扬的榜样效应；

2. 目前尚无确凿证据表明死刑曾成功阻止过任何一位决意实施谋杀的罪犯，显然，除了对成千上万的罪犯产生吸引力之外，它并未产生其他实质性影响；

3. 此外，死刑令人反感，其后果难以预料。

首先，我们的社会并不真正相信其所宣扬的观点。如果确实相信这一点，那么必然会像推广国家债券或新款开胃酒品牌一样，公开高举那些被砍下的头颅。然而，事实却恰恰相反。在我们的国家，死刑已经不再公开执行，而是在监狱的一个角落，只有专业的执行人员在场。关于这一措施的具体原因和实施时间，我们并不十分清楚，但这应该是一个相对较新的做法。最后一次公开的处决发生于

1939年,当时魏德曼(Weidmann)[*]因多起谋杀案而臭名昭著。那天早上,数千人涌向凡尔赛,其中包括大量的摄影师。从魏德曼被带到众人面前直至被斩首,整个过程都被拍摄下来。几个小时后,《巴黎晚报》(Paris-Soir)刊登了一版插图页面,详细报道了这一吊人胃口的事件。因此,巴黎的普通民众得以了解到执行者所使用的轻便精密机器与历史上的断头台有着天壤之别,就像一辆捷豹与我们旧款的迪昂-布顿车(de Dion-Bouton)[**]之间的本质区别一样明显。然而,出乎众人的意料,管理部门和政府极力抨击这一绝佳的宣传案例,并高声指责新闻界试图迎合读者的虐待狂倾

---

[*] 德国籍罪犯,最终在法国遭断头台处决。他是法国最后一名被公开处刑的人。在他之后,法国仍然使用断头台处决死囚,但方式改为非公开。——译者注

[**] 法国汽车制造商,曾生产初代以蒸汽为动力的汽车。——译者注

向。因此，决策层迅速做出不再公开执行死刑的决定，这一决策使后来占领区*当局的工作变得更加轻松。

在这个问题上，立法者的逻辑显然站不住脚。相反，我们应该为《巴黎晚报》的主编额外颁发勋章，以鼓励他在未来表现得更为出色。实际上，若要使刑罚具有警世作用，仅仅增加照片的数量是不够的。我们应该将执行死刑所使用的工具摆放在断头台上，并将其搬到下午两点的协和广场，邀请全体民众共同见证。此外，我们还可以通过电视直播的方式，让那些未能亲临现场的人也能目睹这一盛况。如果不采取这样的手段，那么讨论警世作用将只是空谈。在监狱院落内夜间秘密执行死刑，如何能够产生警世效果呢？最多只能定期告知市民，

---

* 第二次世界大战期间，法国西北部被德国占领，此区域被称为"占领区"。——译者注

如果不巧杀了人，就会面临死亡这个后果。可是那些不杀人的人最终也会迎接死亡。为了使刑罚真正具有警世作用，1791年的国民代表杜朗·德·拉布韦里（Tuant de La Bouverie）*支持公开处决罪犯，他在国民议会的演讲显然更具逻辑："恐怖的景象才能控制人民。"

如今，缺乏直观可感的场景，仅剩下人们口口相传的刑罚描述。那些零星传来的执行死刑的消息，往往被温和的措辞所包裹，掩盖了其残酷的本质。一个潜在的罪犯在犯罪时，又怎能记住这种被刻意抽象化的刑罚呢？如果我们真的希望他铭记于心，在准备犯罪之际经过深思熟虑后选择放弃邪恶的念头，难道不应该运用图像和语言等一切手段，将这种刑罚及其令人胆寒的现实深深地烙印在

---

* 法国政治人物，1791年法国国民议会代表。——译者注

每个人的感知之中吗？

与其含糊其词地表示某人早上偿还了社会债务，更有效的方法或许是抓住这个难得的机会，向所有纳税人揭示具体的细节。与其简单地说："如果你犯下谋杀罪行，等待你的将是断头台上的赎罪"，不如更直接明了地告诉他们："如果你犯下谋杀罪，你将面临数月至数年的牢狱之灾，绝望将使你无处可逃，恐惧将如影随形，直到某个清晨，在度过漫长的黑夜之后，我们会在你沉睡时悄然进入你的牢房，脱掉鞋子以免惊醒你。我们会迅速制服你，用绳索捆绑你的手腕，用剪刀剪断你衬衫的领口和头发（如果你有头发的话）。为了追求完美的效果，我们还会用皮带固定你的双臂，迫使你保持弯腰的姿势，以便清楚地展示你的后颈。然后，我们会将你抬起来，助手们架着你的手臂，你的脚在走廊地板上拖行。在深沉的夜色中，一名刽子手会抓住你的裤脚，将你横放在一块木板上，同时，另一名刽子手将用一把重约六十公斤的斧头，从两米二十的高度砍下，斧头锋利如剃刀，轻松割断你的脖子。"

为了更有效地实现警世效果，使其所激发的恐惧在我们每个人的内心深处转变为一种强大而无以名状的力量，足以在适当的时候遏制对谋杀不可抗拒的欲望，我们需要进一步采取措施。与其大肆夸耀我们发明的这种既迅速又人道的杀死犯人的方式[1]，不如通过千千万万份印刷品进行广泛宣传，并命人在中小学和大学里分发。这些印刷品可以详细描述死刑执行后尸体的状况，配上亲历者的讲述和医学报告。特别值得推荐的是最近由医生皮埃德利埃夫（Piedelièvre）和富尔尼（Fournier）在某

---

[1] 根据乐观主义者吉约丹（Guillotin）博士的说法，被判死刑的人应该不会有任何感觉。最多只是在脖子上有一种"轻微的凉意"。

期国立医学科学院*通讯上发表的报告。这两位勇敢的医生出于对科学的追求而应招对处决后的尸体进行检查，他们认为记录这骇人听闻的观察是他们的职责。

如果要对这个问题发表看法，我们只能说这种恐怖场景是令人难以忍受的。血液从被切断的颈动脉中喷涌而出，然后逐渐凝固。全身肌肉开始收缩，颤动得令人震惊；肠道翻滚，心脏出现间歇性、不规则且令人恐惧的颤动。嘴巴有时会扭曲成可怕的样子。在被斩下的头颅上，眼睛静止不动，瞳孔扩大；幸好它们不再需要注视任何东西。即使这双眼睛没有受伤，没有呈现出尸体的乳白色混浊，但它们也不再活动；它们具有活人眼睛的透明度，却

---

* 国立医学科学院（Académie Nationale de Médecine）是法国的国立医学研究机构，位于巴黎第六区，成立于1820年路易十八统治时期。——译者注

带有死人眼睛的呆滞。所有这些现象在被处决者身上可能持续数分钟甚至数小时：死亡并非一瞬间就发生的。因此，在被斩首后，身体的每个部分仍在继续存活。对于医生来说，他们心中留下的将是这些可怕的观察结果，尸体经历了这一致命的解剖过程，然后便过早地被掩埋[2]。

我怀疑很少有读者能够毫无不适地阅读这份令人毛骨悚然的报告。因此，我们可以相信它的警世作用和威慑力。为了进一步证实医生的观察，我们有必要加入一些目击者的描述。据说，刽子手在夏洛特·科黛（Charlotte Corday）*被处决后

---

2 《没有刽子手的正义》（Justice Sans Bourreau）第 2 期，1956 年 6 月。

* 法国大革命期间重要人物，没落贵族出身的温和共和派支持者，因反对罗伯斯比尔的独裁，策划刺杀了激进派领导人马拉，后被处决。此事件被画家大卫绘成名画《马拉之死》。——译者注

给了她一巴掌,她的脸竟然变红了。在听到更近期的观察者描述后,这一现象并不让人感到惊讶。执行死刑的助手显然不太可能沉迷于浪漫和感性思维,他是这样描述他被迫目睹的情景的:"我们将一个陷入醉酒幻觉病发作的疯子推向刀刃。他的头部立即失去生命,但在篮子里的身体实际上还在跳动,拉扯着绳索。二十分钟后,在墓地里的尸体仍然在颤动。"[3] 圣心监狱的现任牧师德沃约(R.P. Devoyod)似乎对死刑并不反感,在他的著作《罪犯》(Les Délinquants)[4]中进行了详细描述,重新讲述了被处决的囚犯朗吉尔(Languille)的故事,据说朗吉尔被斩首的头颅回应了对他名字的

---

[3] 摘自罗杰·格勒尼尔(Roger Grenier)出版的《怪物》(Les Monstres),伽利玛出版社。这些声明是真实的。

[4] 马托-布雷恩(Matot-Braine)出版社,兰斯(Reims)。

呼唤[5]：

行刑当天，这位死囚情绪非常低落，他拒绝接受宗教的安慰。他的妻子是一位虔诚的信徒，我们了解他内心深处的想法以及他对妻子的感情，便对他说："好吧，出于对妻子的爱，请您至少在临死前稍作冥想。"这时，这位死囚答应了。他在耶稣受难像前长时间静思，似乎不再注意到我们的存在。在他被行刑时，我们在他身边不远处；他的头颅落入放置在断头台前的桶里，而身体立即被放入篮子里；但这次遇到了特殊情况，人们还没来得及将头颅放入篮子，篮子就被合上了。举着头颅的工作人员不得不在旁边等待，直到篮子再次被打开；在这短暂的时间内，我们得以看到死囚的两只眼睛紧盯着我们，仿佛在请求宽恕。我

---

5 1905年，在卢瓦雷省（Loiret）。

们本能地画了一个十字架的符号来祝福这颗头颅，然后他的眼皮轻微动了一下，眼神变得温柔，想要表达些什么，这样的表情保持了一会儿然后最终消失……

读者可以根据自己的信仰来解读神父所讲述的内容。至少他的眼神"想要表达些什么"无需任何解释。

我能够提供其他同样令人震惊的见证者描述，但我选择不再列举更多例子。因为我不认为死刑具有警世意义，这种酷刑在我看来就像粗糙的手术，它的存在并不会产生任何教育效果。相反，那些已经目睹过无数血腥场面的社会和国家，完全有能力承受这些细节。既然他们强调死刑的警世作用，就应该努力让每个人都了解这些细节，并永远铭记恐怖主义的威力。掩盖真相、将行刑过程描绘得柔和且迅速，这种行为总体上甚至不如癌症可怕。用花言巧语美化酷刑，到底是为了吓唬谁呢？肯定不是那些看似老实巴交的人（其中一些人确实是老实人），因为他们当时可能正在睡梦中，错过了这个接受教育的绝佳机会。当死囚被匆忙掩埋时，他们可能还在享用早餐的吐司，只有在阅读新闻时，才会得知公正的司法机器一直在运转。而新闻中的信息会像砂糖一样温和，在他们的记忆中逐渐溶解消失。事实上，这些平静的生灵正是凶杀案中占比最大的人群。许多善良的人并不知道自己也有可能成为罪犯。正如一位法官所说，他认识的绝大多数凶手在早上刮胡子时并不知道他们晚上会去杀人。为了确保威慑力、维护社会稳定，我们应该在所有早晨刮胡子的人面前展示受刑者的真实面孔，而不是掩盖真相。

现实情况却与此大相径庭。政府在执行死刑的细节上遮遮掩掩，对相关记录和见证人的证词置若罔闻。这显示出政府并非真正相信死刑具有威慑力，而是出于传统在执行死刑，不愿意进行任何深入的思考与反省。几个世纪以来，人们一直在执行死刑，并且至今仍沿用十八世纪末的形式。人们继续沿用几个世纪前的论点，尽管这些论点可能已经被公众的观念推翻。人们对待法律并不理性，那些被判死刑的人就这样按部就班地死去，而执行死刑的人本身也并不认同这种做法。如果他们认同，那么公众就会知晓，就会非常显而易见。然而，公开执行死刑的后果难以预测，最终可能激发更多公众内心的变态本能，导致更多的谋杀，并在公众舆论中引发反感和厌恶。如果处决行为在大众想象中以生动的形象呈现，那么流水线方法执行死刑将变得更加困难，就像我们现在面临的情况一样。那些在喝咖啡时看到正义得到伸张的人，可能会因为看到某些细节而不由自主地将咖啡喷出来。我引用的这些文字可能会让一些刑法教授的论点站不住脚，他们无法为这种过时的刑罚辩护，只能像社会学家塔尔德（Tarde）*一样安慰自己，让人不受折磨地死去总比让人受折磨而不让他死要好。我们应该支持甘必大（Gambetta）**的立场，他反对死刑，并投票反对一项关于取消公开处决场面的法案。他声明：

> 如果你不让公众看到处决的恐怖场面，如果你在监狱内执行死刑，你将熄灭近年来公众的愤怒之火，你将强化死刑的存在。

确实，要杀人就必须公开进行，否则就表明执行者没有权力这样做。如果社会认为死刑具有威慑作用，那么就必须通过公开执行来证实这一点。每一次死刑的执行都应在公众的注视下进行，让刽子手的双手高高举起，以此迫使所有公民，尤其是那些弱势群体，以及那些直接或间接参与决定死刑的人，正视这一行为的后果。否则，就等于承认自己

---

* 法国社会学家、犯罪学家、社会心理学家。——译者注

** 法国共和派政治家。——译者注

在杀人时并不清楚自己在说什么或做什么。或者，这早已表明死刑具有威慑力的说法纯属无稽之谈，这些令人厌恶的仪式只会助长犯罪，或者引发社会混乱。没有人能比退休法官弗尔科（Falco）议员更清晰地阐述这一观点，他的勇敢言论值得我们深思：

在我的职业生涯中，只有一次我决定对罪犯执行死刑而不是给予宽大处理。我原本以为，作为一个法官，我会冷静地观看行刑过程。被处决的人本身并没有任何值得同情的地方：他残忍地杀害了自己的小女儿，并将她扔进了一口井里。然而，在他被处决后的几周甚至几个月里，这段记忆一直困扰着我……我和许多人一样，经历过战争，目睹过无辜的年轻人死去，但我可以说，在面对如此恐怖的场景时，我感受到了前所未有的良心不安。这种行政性的谋杀，我们称之为死刑。[6]

---

6 《现实杂志》（Revue Réalités）第 105 期，1954 年 10 月。

然而，为何社会普遍认同死刑具有威慑力呢？实际上，死刑并不能有效预防犯罪，且其威慑效果难以证实。首先，对于那些在瞬间决定犯罪的人来说，死刑无法起到阻止作用。他们可能在愤怒或冲动的驱使下产生杀人的念头，而并未预见到自己会真的实施犯罪。其次，对于那些携带武器进行谈判、试图恐吓不忠的情人或情敌的人来说，他们最初或许并无杀人之意，或者在犯罪时并未意识到自己会真的采取行动，死刑同样无法阻止他们的行为。简而言之，死刑对于不幸陷入犯罪的人来说，是无法起到预防作用的。因此，可以说在大多数情况下，死刑是无效的。公平地说，我们国家在这些情况下很少执行死刑。然而，正是这个"很少"，已经足以让人感到恐惧了。

那么，死刑是否真的能震慑那些本应受到打击的犯罪分子，即那些惯犯呢？这一点并不确定。我们可以从库斯勒的作品中了解到，英国历史上曾有一段时间对扒手执行死刑，而在每次行刑时，其他扒手会在人群中行窃，同时围观被绞死的同伙的绞刑架。根据本世纪初*在英国进行的一项统计，250名死囚中有170人曾目睹过一到两次死刑执行过程。1886年，布里斯托监狱167名被判死刑的罪犯中，有164人至少目睹过一次死刑执行过程。在法国，由于处决过程的秘密性，我们无法进行确切的统计。然而，这些数据暗示，在我父亲目睹行刑的那一天，周围可能聚集了不少未来的犯罪分子，而死刑并未对他们产生震慑作用。似乎死刑的威慑力仅对于那些犯罪可能性较低的胆小之人有效，而对于那些理应受到遏制的顽固罪犯，其威慑力却显得苍白无力。这一观点将在本书及一些专业著作中，通过有力的数据和事实得到充分论证。

---

* 指20世纪初。——译者注

然而，不可否认的是，人类天生畏惧死亡。生命的权利一旦被剥夺，便构成了最为极端的惩罚形式，这种惩罚所引发的恐惧应当在我们内心深处激起最强烈的情感波澜。对死亡的恐惧源于人类心灵最幽暗的角落，它无情地侵蚀着我们的灵魂；生存的本能受到威胁时，我们便在最深沉的恐惧中苦苦挣扎。因此，立法者自然有理由相信，他们的法律触及了人类最神秘、最强大的本能。然而，法律往往比人性更为简单。当它试图在人类心灵最隐秘的领域行使权力时，往往会发现自己难以掌控这种复杂性。

确实，死亡的恐惧如影随形，但另一个同样不容忽视的现实是，即使恐惧再强大，它也从未足以扼杀人类的激情。弗朗西斯·培根（Francis Bacon）*曾言，没有一种激情如此微弱以至于无

---

* 著名英国哲学家、政治家、科学家、法学家、演说家和散文作家，古典经验论的始祖。——译者注

法直面和驾驭死亡的恐惧。复仇的烈焰、爱情的狂澜、荣誉的光辉、痛苦的深渊、对未知的恐惧，这些皆能战胜这股黑暗。爱一个人或一个国家，追求自由的狂热，何尝不是如此？贪婪、仇恨、嫉妒又岂能例外？几个世纪以来，死刑常常扮演野蛮的角色试图与犯罪做斗争，然而犯罪却依然坚挺。这是为何？因为在人类内心深处，相互对抗的本能并非如法律所言那般稳定。这是一股不断变幻、交替出现的力量，这持续的不平衡状态如同电波的振荡一般，只有足够接近才可以建立电流。想象一下，从充满渴望到意兴阑珊，从决定到放弃的一系列情绪波动，我们每个人每天都经历着这些。将这些波动无限放大，我们便可以了解到心灵的跌宕。这些不平衡通常太过短暂，难以让一个单一的力量主宰整个灵魂。但有时候，一种灵魂的力量会释放出来，以至于占据整个意识的范围；在这种不可逆转的力量暴政统治下，生命的本能甚至都无法阻挡。要使死刑真正具有威慑力，就必须假设人性是另一个样子，像法律本身一样稳定和宁静。但那样的话，人性和静物画中的物件有什么区别呢？

然而，人性并非如此简单。这就是为什么那些未曾深入思考或亲身体验过人性复杂性的人会对某些现象感到惊讶——在大多数情况下，杀人犯在犯下罪行时并不会意识到自己正在犯罪。在接受庭审之前，所有罪犯都自认无罪。他们认为自己在某种程度上是有正当理由的，或者至少是受到了一些现实因素的驱使。他们不会去深入思考自己的行为，也不会预测未来的后果；而当他们进行思考时，也只是认为自己可能会被完全或部分免罪。他们怎么会害怕那些自己认为完全不可能发生的事情呢？他们的恐惧通常不会出现在犯罪之前，而是在判决之后，那时他们才开始真正惧怕死亡。因此，为了让法律具有真正的威慑力，就不能让杀人犯存在任何侥幸心理，事先应该将法律制定得冷酷无情，尤其不能允许出现任何减刑情节。然而，在我们的国家，谁敢做出这样的决定呢？

如果我们决定采取这样的做法，就必须深入探讨人类本性中的另一个悖论。虽然生存的渴望深深植根于我们的内心，但我们不能忽视学院派心理学家常常回避的一个本能——死亡的诱惑。在某些特定时刻，死亡的召唤会驱使人们走向自我毁灭的道路，甚至促使他们寻求他人的灭亡。这种杀戮的冲动往往与自我毁灭或自我消亡的愿望紧密相连[7]。因此，生存的本能往往伴随着不同程度的毁灭本能。后者是唯一能够全面解释从酗酒到药物滥用等众多堕落行为的动机，人类似乎无法摆脱自我毁灭的诱惑。尽管人类渴望生存，但我们不能期望这种愿望完全支配一个人的所有行为。人类同样渴望归

---

7 我们每周都能在报纸上读到一些罪犯在自杀和杀人之间犹豫不决的案例。

于虚无,他们追求着不可逆转的结局,甚至是死亡本身。因此,罪犯不仅渴望犯罪,还渴望犯罪所带来的不幸,尤其是当这种不幸极为严重时。当这种奇特的欲望不断增长并占据主导地位时,对死亡的恐惧不仅无法阻止罪犯,反而可能会加剧他们的疯狂。在某种程度上,这种情况下的杀戮行为本质上是一种寻求死亡的方式。

这些人性中的独特表现充分说明了那些经过精心设计、意图震慑人心的惩罚方式,实际上在大众心理层面上是毫无效果的。无论是在废除死刑的国家还是在保留死刑的国家,所有的统计数据都清晰地显示出,废除死刑与犯罪之间并无直接关联[8]。犯罪率既不会因为废除死刑而上升,也不会因此而

---

8 1930年英国特别委员会的报告以及最近经重新研究发布的英国皇家委员会报告称:"我们所审查的所有统计数据都证实,废除死刑并未导致犯罪数量的增加。"

下降。即便断头台依然存在,犯罪也依然会持续发生,两者之间并没有其他明显的联系,只有法律将它们捆绑在一起。我们从繁杂的统计数据中所能得出的唯一结论是:在过去的几百年里,除了谋杀罪外,犯有其他罪行的罪犯也曾被判处死刑,但长期执行死刑并未能消除任何一种罪行。几个世纪以来,犯有非谋杀罪的人已不再被判处死刑,然而犯罪的数量并未因此增加,其中一些甚至有所减少。同样,几个世纪以来,谋杀罪一直以死刑作为惩罚手段,但该隐一族(Caïn)*并未因此而消失。在已经废除死刑或不再执行死刑的三十三个国家中,

---

* "该隐一族"指《圣经》中的人物该隐的后代,该隐作为亚当和夏娃的长子,因为嫉妒而杀害了自己的弟弟亚伯。根据《圣经》的记载,该隐的后代形成了一个家族体系,包括他的儿子以诺、以拿、米户雅利,以及他们的后代。在现代语境中,"该隐一族"有时也被用来比喻那些具有暴力倾向或道德败坏的人或群体。——译者注

谋杀案件的数量也并未增加。那么，经过上述分析，我们又能得出怎样的结论呢？死刑真的具有威慑作用吗？

保守派们无法否认这些事实和数据，他们最终给出的回应也颇具深意，揭示了社会中存在的矛盾态度：一方面，社会小心翼翼地掩盖行刑的过程；另一方面，却又声称行刑具有警世的作用。保守派表示："确实没有证据表明死刑具有警世作用，显然，成百上千的杀人犯并未因此而退缩。但我们也无法确定它究竟阻止了谁；因此，没有证据表明它没有警世作用。"因此，这种最严厉的惩罚措施是社会对个人行使的最高特权，对受刑者来说意味着陷入永恒的黑暗，却建立在一种无法验证的可能性之上。死亡本身非黑即白，没有等级也没有概率可言。它使一切变得永恒，无论是罪行还是身体都将陷入万劫不复的境地。然而，在我们这里，行刑这件事却建立在假设和推测之上。即使这种推测是合理的，难道命令一个人去死不值得一个确定的答案吗？然而，犯人之所以被处死，不仅是因为他犯下的罪行，更是因为所有可能但未发生的罪行，以及将来可能发生但未发生的罪行。这种缥缈的不确定性却决定了最无情的必然性。

对这种危险的自相矛盾感到惊诧的并非只有我一人。国家本身也在谴责这种矛盾，而这份负疚的良心恰好解释了这种矛盾态度的原因。国家已经停止对处决的任何公开宣传，因为事实证明，国家无法自信地宣称处决对犯罪分子起到了吓阻作用。国家陷入了无法摆脱的困境，如同贝卡利亚（Beccaria）*曾经写到的："如果频繁地展示权力

---

* 意大利经济学家、法理学家和刑罚改革者。贝卡利亚最著名的著作是《论犯罪与刑罚》（Dei Delitti E Delle Pene），该书于1764年出版，对欧洲乃至全世界的刑事司法改革产生了深远影响。——译者注

的大棒对人民至关重要，那么频繁地执行死刑就成为必然；但这也意味着犯罪行为将同样频繁，于是便证明死刑既是无效的又是必要的。"国家何以保留一种既无用又必要的惩罚措施？如果不打算废除，唯有将其隐藏，别无选择。因此，国家选择保留这项惩罚，怀着盲目的希望，尴尬地期待至少有一天，至少有一个人，能因为考虑到后果而停止他的杀人行为。为了悄悄证明一条毫无根据且缺乏实践支持的法律，为了继续声称断头台有警世效应，国家被迫不断地进行真正的谋杀，以防止那些永远不知是否终会发生的未知谋杀。真是奇异的法律，自知引发谋杀，却不屑于去探究自己阻止的谋杀。

如果说死刑还有其他确凿的效力，那就是它可以将人们推向耻辱、疯狂和凶杀的深渊，那么这种杀一儆百的惩戒又有何意义呢？

在公众眼中，这些仪式所展现的示范效应已经显而易见，它们唤醒了人性中最阴暗的虐待狂倾向，并激发了罪犯内心深处的可怕虚荣心。断头台周围的氛围毫无高尚可言，只有恶心、蔑视或是最低劣的快感。我们已经无需过多赘述。为了维护基本的体面，断头台从市政厅广场被移至栅栏处，最终又被安置在监狱内。然而，我们对那些参与行刑过程的人员的感受却知之甚少。因此，让我们倾听一位英国监狱长坦诚提到的"强烈的个人羞耻感"，以及一位牧师所描述的"恐惧、羞耻和屈辱"[9]。特别是，我们要尝试理解那些奉命执行死刑的刽子手的感受。对于那些将断头台称为"机器"，将死囚称为"客户"或"包裹"的官员，我们又该如何看待？或者，让我们聆听曾协助近三十名死刑犯的牧师贝拉·贾斯特（Bela Just）的话语："司法人员的粗俗言辞与罪犯的狂妄和庸俗相比，简直有过

---

9 《特别委员会报告》，1930年。

之而无不及。"[10] 此外，以下是一位助理执行官在被派遣至外省执行任务时的想法："我们的旅程真是愉快，乘坐专车，品尝美食！"[11] 同一位助理执行官还称赞刽子手操作断头台的熟练技巧："我们甚至可以用手抓住死囚的头发向上提起。"这种混乱背后隐藏着更深层次的含义。原则上，死刑犯的衣物应归执行官所有。然而，迪布勒老爹（Deibler）[*]却将所有死囚的衣物挂在木板棚里，不时前去欣赏。更有甚者，以下是一位助理执行官的陈述：

这位新来的刽子手对断头台情有独钟，甚至到

---

10 贝拉·贾斯特：《绞刑架与十字架》（La Potence et la croix），法斯奎尔出版社。

11 罗杰·格勒尼尔（Roger Grenier）：《怪物》（Les Monstres），伽利玛出版社。

[*] 法国历史上的一位著名刽子手，负责执行了许多死刑判决。他还保留着斩首的详细记录，包括受害者的照片和犯罪简历，这些记录后来被整理成书籍出版。——译者注

了痴迷的地步。有时候，他会整天待在家里，坐在椅子上，头戴帽子、身穿外套，全副武装地等待着部长的召唤。[12]

这样的人，正如约瑟夫·德·梅斯特（Joseph de Maistre）[*]所指出的那样，他们的存在需要神明的特别旨意。没有他们，"秩序变得混乱，王位崩塌，社会瓦解"。这也是社会完全放弃对罪犯的制裁所导致的后果。因为刽子手签发了释放令，接着一个自由之人便完全自主地决定了他的行动。我们所设想的美好而庄严的示范，至少在某种程度上必然会导致参与者摧毁人类的尊严和理性。或许有人会认为这些参与者是异常之人，在这种腐败中找到了某

---

[12] 罗杰·格勒尼尔（Roger Grenier）：《怪物》（Les Monstres），伽利玛出版社。

[*] 法国君主主义者，反现代派人物。——译者注

种使命感。然而，当人们得知数百人自愿且无偿地担任刽子手时，这种说法便不攻自破。我们这一代人，在最近几年的历史中已经见证了许多，对这种消息并不感到惊讶。我们发现，在最平凡、最熟悉的面孔背后，往往隐藏着虐待和谋杀的本能。声称要震慑某些不知其名的凶手的惩罚最后指向了那些可以确定的魑魅魍魉。既然我们正在通过各种可能性来证明我们最残酷的法律，那么我们就不要再怀疑，这数百名行刑被拒绝的人中，至少有其他方式满足他们从断头台这里所能唤醒的血腥本能。

如果有人坚决支持死刑，那么至少应该避免再提及其所谓的警世作用，这种说法显得过于虚伪。我们应该直面现实：死刑不应被用作宣传工具，其恐吓效果对正直之人无足轻重，只要人们坚守正直，死刑便毫无意义。然而，它却吸引着那些自甘堕落的人，并使执行死刑者变得扭曲和腐化。死刑无疑是一种惩罚，一种残酷的身心折磨，但它除了展示道德沦丧之外，并未提供任何确切的威慑力。它惩罚了罪犯，却未能阻止任何罪恶的发生，甚至可能激发更多的谋杀欲望。只有那些即将面临死刑的人才能真正感受到它的存在，在长达数月甚至数年的等待中，死囚的灵魂受到无尽的恐惧和暴力威胁，直至那绝望的一刻来临，他们在被一刀两断时还未失去生命，身体遭受极大的痛苦。让我们坦诚面对，尽管缺乏更高尚的说辞，但至少我们可以尊重事实，认清死刑的本质：这是一种复仇行为。

这种缺乏预防效果，仅仅制裁世人的措施，被称为复仇。它是社会对违反其基本原则的人所作出的一种机械式反应。这种反应源远流长，与人类历史同样悠久，即所谓的"以眼还眼，以牙还牙"。伤害我的人必须受到同等的伤害；刺瞎我眼睛的人也必须失去一只眼睛；杀人者必须被判处死刑。这种反应源于一种情绪，尤其是暴力情绪，而非基于原则。"以牙还牙"是自然和本能的表现，不属于法律范畴。法律的本质决定了它不能遵循自然法则。如果说谋杀是人的本性,那么法律的目的不是模仿或重复这种本性,而是纠正它。然而,"以牙还牙"只是利用法律力量来满足纯粹的自然欲望。我们都曾感受到这种欲望,知道它源自原始森林,这种感觉常常令我们羞愧。当我们法国人看到沙特阿拉伯的石油大王在宣扬国际民主的同时,却让屠夫砍掉小偷的手时,我们感到愤怒。但实际上,我们自己也生活在一个没有信仰的中世纪,仍然使用粗糙的逻辑来定义正义[13]。这种逻辑真的准确吗?

---

[13] 几年前,我尝试为六名突尼斯囚犯寻求宽恕,他们因在一场骚乱中杀害三名法国宪兵而被判处死刑。然而,由于案件情况的复杂性,责任归属变得模糊不清。尽管我向共和国总统办公室提交了请求,并收到了一份便条,表明我的请求已引起相关机构的注意,但遗憾的是,在我收到这份便条时,我已经从两周前的报道中得知,判决已经执行。其中三名囚犯已被处决,而另外三人则获得了赦免。关于为何选择赦免某些人而非其他人,原因并未明确说明。但由于有三名受害者,可能就需要执行三次死刑。

建立在法律报应基础上的基本正义能否通过死刑得到维护？答案必然是否定的。

让我们暂且不去探讨以牙还牙的法律是否恰当，也不去评估以放火的方式惩罚纵火者是否反应过度，又或者通过从小偷的银行账户中扣除等额金额的方式来对待小偷是否不够严厉。我们假设，对杀人者执行死刑是公平且必要的。然而，死刑并非仅仅意味着生命的结束。它本质上不是单纯的生命剥夺，就像集中营和监狱之间有明显区别一样。死刑是一种谋杀，旨在通过对犯下杀人罪的人施以惩罚来达到理论上的公正。但它的意义远远超过了死亡本身，它是一种解决方案，是对即将受刑者公开的预谋。此外，它还是一种有组织的行动，这本身就会带来比死亡本身更深重的道德痛苦。因此，我们无法找到可以与死刑画等号的罪行。许多法律规定，预谋犯罪比单纯暴力犯罪更为严重。然而，死刑本身又是什么呢？它不也是一种有预谋的谋杀吗？没有任何一种犯罪行为能够与之相提并论，无论怎样精心策划。如果一定要与死刑相比，那么受刑的死囚必须曾告知受害者谋杀时间，并且从那一刻起，将受害者拘禁数月。然而，这样的怪物并不存在。

当国家的法律代表再次讨论无痛死亡时，他们并未真正理解自己所言，更致命的是，他们极度缺乏想象力。死囚所承受的毁灭性、耻辱性的恐惧可能持续数月甚至数年[14]，这种经历比死亡本身更为恐怖，而罪案的受害者却未曾遭受过这样的痛苦。即便在面对致命暴力的恐惧时，受害者大多是在无

---

14 在解放时期，雷蒙（Reemen）被判处死刑，并在被处决前遭受了长达七百天的锁链束缚，这一事令人震惊。通常情况下，普通罪犯在面临死刑时，会在死亡前三到六个月的时间内等待。然而，如果我们希望保留他们的生存机会，缩短这一期限将是一项艰巨的任务。此外，我可以证明，在法国，对赦免申请的审查是严谨认真的，政府在法律和习俗允许的范围内对赦免进行考量。

助和迷茫中被推向死亡。他们内心的恐惧与求生欲望、逃离苦难的希望并存，而这种希望往往永不消逝。相反，死刑犯被恐惧笼罩，希望与绝望如潮水般起伏，不断折磨着他们。律师和神父出于纯粹的道德，看守则努力使他们保持安静，这些人都会向死刑犯保证他将获得减刑。死刑犯全心全意地相信这些承诺，但不久后便会陷入失望。他们白天满怀期待，夜晚却沉浸在绝望之中[15]。随着时间的推移，希望和绝望都变得愈发强烈，让人难以承受。根据许多目击者的说法，死刑犯的皮肤颜色会发生变化，恐惧就像一种酸性物质一样侵蚀着他们的皮肤。一名弗莱斯（Fresnes）监狱的死囚说道："知道自己即将死去并不可怕，但不知道自己是否能活

---

15 星期天不是执行死刑的日子，因此对于死囚犯来说，周六的夜晚总是更加美好。

下去，才是恐惧和焦虑的真正根源。"卡尔都什（Cartouche）*曾对极刑发表过这样的评论："嘿！不愉快的过程只会持续十五分钟而已。"但实际上，痛苦会持续数月之久，而绝非几分钟。死刑犯早已知道自己将被处死，除非得到天恩，否则无人能拯救他们。然而，他们无法参与辩护或说服任何人。一切都不在他们的掌控之中。他们不再是人，而是等待刽子手摆布的物品。他们被困在命运的洪流中，毫无生气，而他们最大的敌人其实是自己的意志。

当执行死刑的官员将死囚称为"包裹"时，他们清楚地知道自己所言何意。有一些人被剥夺了

---

* 活跃于十八世纪巴黎的传奇式强盗、帮派头目和风流人物。他以从富人那里偷窃并将财物分给穷人的行为而闻名，因此在贫民中赢得了朋友和支持者。他于1721年被当局捕获并被判处死刑。——译者注

自由，他们的身体可以被随意挪动、留下或推开，而他们却无力反抗，就像被捆绑的野兽。然而，即使是动物也有选择不进食的权利，而被判死刑的人却没有这样的权利。他们需要接受特殊的饮食（在弗莱斯，第4号饮食包括牛奶、葡萄酒、糖、果酱和黄油），并且必须确保进食。在必要的时候，他们甚至会被强迫进食。因为要杀死一个动物，你必须保证它处于最佳状态。而被判死刑的人，只能享受最低限度的自由以及偶尔的放纵。"他们异常敏感"，一位弗莱斯的首席警长在谈到死囚时，语气中不带任何讽刺。确实如此，但在这种情况下，他们还能以何种方式获得自由呢？人类那无法割舍的尊严和意志又在哪里呢？无论他们多么敏感，从判决宣布的那一刻起，就陷入了一个不可动摇的机器之中。他们在控制着自己所有行动的机器中翻滚了一段时间，最终将被交付给那台杀戮的机器。这些"包裹"不再受制于管理活人的定律，而是受制于让他准确预测执行日的机械法则。

到了这一天,他便不再是一件物品。在执行酷刑前的最后三刻钟里,面对确定的死亡却无能为力的感觉摧毁了一切;这个被束缚、已经屈服的野兽领略到了地狱的真实存在,之前对他的威胁都显得无足轻重。古希腊人选择毒芹作为处决死刑犯的方式,或许在某种程度上更为人道。他们给予死囚一丝自由,让他们能够推迟或加速自己死亡的时间,并且自由选择自杀或者接受死刑。而我们,为了保险起见,需要确保行使所谓的正义。但若真的要以牙还牙,那么囚犯应该在数月之前就进入受害者家中,明确表明自己要进行杀戮的决定,将受害者紧紧捆绑,告知他们将在一个小时内被杀害,然后在这一个小时里准备杀人的凶器。哪名罪犯曾将受害者置于如此绝望和无助的境地呢?

这种怪异的顺从或许可以解释为,面对即将到来的死亡,那些原本无所畏惧的人选择了放弃抵抗。他们本可以选择在一场激烈的搏斗中结束自己的生命，或者在随机的枪声中迎接死亡，那将是一种自由的终结。然而，除了极少数的例外，大多数死囚在面对死亡时都表现出了麻木和沮丧，仿佛他们已经接受了命运的安排。这种顺从的行为被我们的新闻记者赞誉为"勇敢地面对死亡"，意味着死囚没有挣扎，没有试图摆脱被当作物品对待的命运。这种无声的接受让旁观者感到欣慰，因为在这样一个可耻的事件中，死囚以一种值得尊敬的方式维护了自己的尊严，让自己的耻辱不会持续太久。然而，这种赞美和英勇的表现只是围绕死刑所衍生的神话的一部分。事实上，一个人越是在恐惧中挣扎，才越有可能表现出镇定。只有当他们的恐惧或被抛弃的感觉强烈到让他们完全麻木时，才可以配得上新闻界的赞美。让我们直言不讳地说，有些死囚，无论他们是不是政治犯，都可能勇敢地面对死亡，我们应该怀着敬意和尊重来谈论他们。然而，大多数死刑犯只是在沉默中体验恐惧，在冷漠中感受惊慌。在我看来，这种绝望中的沉默更加值得尊重。当贝拉·贾斯特神父在一名年轻死囚被绞死前的几分钟提出帮助他给家人写信时，死囚回答说："我连做这点事的勇气都没有。"神父听到这样的坦白，怎能不对人类最可悲和最神圣的东西表示敬意呢？那些沉默不语的人，我们不知道他们在离开时留下了怎样的痕迹，谁能说他们是懦弱地死去呢？那么，我们又该如何评价那些使他们变得懦弱的人呢？毕竟，每个杀人犯在犯罪时都冒着将来以最可怕的方式死去的风险，而那些处死他们的人却不需要承担任何风险，甚至可能因此而获得晋升。

在那一刻，人的经历超越了所有道德的界限。德行、勇气、智慧，甚至是清白，都变得毫无意义。社会在那一瞬间回到了原始的恐惧状态，无法分辨是非对错。所有的公平和尊严，都在那一刻随风而去，消失得无影无踪。

即使自认为清白，也无法幸免于折磨的痛苦。我曾经目睹过真正的恶棍勇敢地面对死亡，而无辜的人却在颤抖中走向生命的尽头。[16]

神父补充道，根据他的经验，知识分子似乎更加脆弱。他并不认为这类人比其他人更懦弱，而只是觉得他们的想象力更为丰富。在生命的尽头，无论他们怀揣何种信仰，都难逃被绝望摧毁的命运[17]。那些被绑在死刑架上的囚犯，面对着急切见到他们灭亡的众人，感受到的无助和孤独之情，比任何身体上的痛苦都更加难以忍受。或许，在这种情境下，公开的刑罚反倒是一种怜悯。众目睽睽之下，每个人都展现了内心的戏剧，反而可以安抚这

---

16 引用贝拉·贾斯特神父的作品。

17 一位同为天主教徒的知名外科医生曾向我讲述他的经验，当信徒患上不治之症时，他甚至不会提醒他们。在他看来，这种打击可能会摧毁他们的灵魂。

受惊吓的动物,能让囚犯在死亡的阴影下保持仅有的尊严。然而,夜幕的降临和秘密的笼罩却让人感到无尽的绝望。在这场悲剧中,即便是勇气、坚韧和信仰,也可能成为命运的偶然。多数情况下,人在等待死刑执行之前,心灵早已经碎裂。他们经历了两次死亡,第一次比第二次更为残酷,尽管他们只犯了一次罪行。与这种无尽的折磨相比,以牙还牙的刑罚似乎仍是一种文明的法则。至少别人弄伤他兄弟的双目时,并不会要求也剜掉这个人的两只眼睛。

这种根本的不公也深深地影响了死囚的家人。受害者也有亲人,他们的痛苦往往是无法言喻的,多数时候他们渴望复仇。他们或许能够完成这一诉求,但死囚的家人却承受着一种正义之外的极端不幸。母亲或父亲长达数月的焦虑等待,监狱里的孤独探视,那些填补与死囚短暂相聚时光的虚假对话,最终处决的画面,这一切都是一种难以言喻的折磨，而这种折磨并不曾加诸于受害者的家人身上。无论受害者的家人经历了怎样的痛苦，他们都不可能愿意将复仇的火焰延烧至罪行之外，折磨那些与他们同处痛苦中的人。

一名死囚写道："神父，我得到了赦免，然而幸福似乎还未完全降临于我身上。赦免书于4月30日签署，周三我从会客室回来后得知了这一消息。我立即通知了爸爸妈妈，他们那时尚未离开监狱。试想一下，此刻他们心中是有多么的幸福。"[18]

的确，我们能够想象他们的快乐，但同时也能够想象到他们在获得宽恕之前所经历的长久的痛苦，以及那些接到相反消息的人所感受到的绝望。特赦被拒绝仿佛是对他们的无辜和不幸做出的不

---

18 引自德瓦（Devoyod）的作品。没有人在阅读那些由父亲或母亲提交的赦免请愿书时不感到震撼，他们显然不理解这突然降临在他们身上的惩罚。

公正惩罚。

要终结这种以牙还牙的法律，我们必须承认，即使在其原始阶段，它也只能针对绝对无辜的个体和绝对有罪的个体发挥作用。受害者毋庸置疑是无辜的。但是，代表受害者的社会能够声称自己是清白的吗？至少，对罪犯采取严厉惩罚，社会总归是要负有一定责任的吧？这个话题已经老生常谈，我不打算重复叙述自十八世纪以来各位思想家反复论证的观点。总体而言，可以概括为一句话：什么样的社会就会有什么样的罪犯。对于法国来说，我必须提及一些让立法者们感到谦卑的事实。在1952年，《费加罗报》进行了一项关于死刑的调查，其中一位上校声称，将强制劳动终身监禁作为最高刑罚会导致监狱成为犯罪的温床。我为这位高级军官感到高兴，因为他似乎没有意识到一个事实，那就是我们早已拥有了一个犯罪的温床，与我们的监狱相比，这个温床有一个明显的区别，那就是它可以在白天和黑夜的任何时候随意进出：这就是我们的小酒馆和贫民窟，是我们共和国熠熠生辉的地方。抱歉我无法用更温和的措辞来表达。

根据统计数据，仅巴黎市区内就存在六万四千个过度拥挤的住所，每个房间容纳三至五人。诚然，虐待儿童的罪犯是极其令人厌恶的存在，他们的行径无法激起任何人的同情。我敢肯定地说，即便是在拥挤的环境中，我的读者们也绝不会做出杀害儿童的极端行为。然而，如果这些罪犯居住在较为舒适的住所中，他们或许就不会有机会犯下如此骇人听闻的罪行。因此，我们至少可以断定，有罪的不单单是罪犯本身，那些选择投资甜菜产业而非住房建设的人，也应当受到相应的惩罚[19]。

---

19 法国是酒类消费第一大国，最喜欢建房国家排行榜第十五名（1957年）。

酒精使丑闻更加引人注目。众所周知,法国人民长期以来一直受到议会多数派的系统性"毒害",其原因通常是难以言喻的。在各种血腥案件中,因酒精而起的比例令人震惊:根据吉隆律师(Guillon)的估计,这一比例为60%;而拉格里夫医生(Lagriffe)认为,这一比例在41.7%到72%之间。1951年对弗莱斯监狱分类中心的普通囚犯进行的调查显示,29%的人长期饮酒,24%的人有酗酒家族史。此外,95%的杀害儿童的罪犯都有酗酒问题。这些数字令人震惊。相比之下,另一个更令人震惊的数字是:1953年,一家开胃酒公司向税务局报告了4.1亿法郎的利润。通过比较这些数字,我们可以向该公司的股东和议会中喜欢酒精的议员们传达一个信息:你们杀害的儿童数量可能远远超出了你们的想象。作为一个反对死刑的人,我不会要求对他们判处死刑。但是,我认为至少有必要将他们押送到下一个杀害儿童犯人的执行现场，并在他们离开时提供一份包含我提到的数字的统计公告。

如果国家为酒精的传播埋下了祸根，那么对于犯罪的结果自然不应感到惊讶[20]。实际上，国家对此并不感到震惊，只是在自身洒下众多酒精的地方砍下罪犯的头颅。国家以淡定的态度行使正义，自视为正义的捍卫者，以其所谓的完美良知来为自己辩护。一位酒商在接受《费加罗报》的采访时高声宣称："我明白，即便是最狂热的废除死刑倡导者，在面对某人威胁要杀害他的亲人、子女或至爱好友时，会做出何种选择呢？让我们拭目以待吧。"他口中的"拭目以待"似乎自带一种醉意。当然，最狂热的废除死刑倡导者可能会对杀手开枪，这与

---

20 支持死刑的人在十九世纪末大肆宣扬自 1880 年以来，犯罪率上升似乎与死刑执行的减少正相关。但正是在 1880 年，一项法律规定贩卖酒类不需提前申请授权。请解释下这些统计数据吧！

他支持废除死刑并不矛盾。但如果他思维更加清晰些，且凶手看起来确实醉醺醺的，那他随后可能会去处理那些专门毒害未来罪犯的人。令人惊讶的是，从来没有受害者家属考虑过向议员寻求一个解释。事实上，情况正好相反，国家在公众信任和舆论的支持下，继续惩处罪犯，特别是那些醉酒的罪犯，有点类似于嫖客对待那些提供服务的妇女一样。但是，嫖客并不以道德为重，而国家却以此自居。尽管国家承认醉酒有时可以作为减轻罪责的理由，但却忽视了长期酗酒成瘾的情况。然而，酗酒仅仅会导致暴力犯罪，醉汉并不会因为暴力犯罪被判处死刑，而长期酗酒的人则有可能犯下预谋的罪行，从而面临死刑。因此，国家拥有惩戒罪犯的权力，但只有在负有重大责任时才会行使。

这个观点是否意味着每个酗酒者都应被国家视为不负责任，直到整个国家都放弃饮酒转而喝果汁呢？显然不是。这就像我们不能将所有罪责都归咎于遗传因素一样。我们无法精确衡量一个罪犯对其罪行的责任程度。而且，我们甚至无法准确计算出我们的祖先数量。从远古时代开始，我们的祖先数量比现在地球上的人口多出了10的22次方倍。他们传递给我们的是难以估量的问题基因或病态倾向。我们生来就背负着巨大的遗传负担。按照这种逻辑，我们可能会认为，无论犯了什么罪，都可以将责任归咎于基因，因此社会永远不应该施加惩罚或进行奖励。然而，这样的社会是无法维持的。社会和个体都有生存的本能，社会要求个体对自己的行为负责。我们必须接受这一事实，而不是幻想社会会给予我们绝对的宽容。然而，同样的推理应该使我们得出结论，即永远不存在绝对的责任，也不存在绝对的惩罚或奖励。没有人能够永远受到奖励，即使是诺贝尔奖得主也不例外。如果有人被判定有罪，只要还存在清白的可能性，那么他就不应该受到绝对的惩罚。死刑实际上并没有起到威慑作用，也无法真正实现公正。声称要以绝对不可挽回的方式惩罚并非绝对的罪行，只会赋予国家过于膨胀的特权地位。

确实，如果死刑的警世作用存疑，并且这种司法手段本身存在瑕疵，那么无论是我们这些反对者还是支持者，都必须承认它具有毁灭性的本质。死刑剥夺了囚犯的生命权，仅此一点，就应当让我们，特别是那些支持者，重新审视备受争议的立场。更为坦诚地说，死刑之所以是终极的，是因为它必须如此，从而可以确保那些对社会和公民安全构成永久威胁的人被彻底清除。虽然不可否认社会上存在着无法被驯服的野兽，但死刑并不能解决他们所带来的问题。然而，我们至少可以认同，死刑消除了这一问题的根源。

我将在后续内容中进一步讨论这些人。但是，死刑是否只适用于他们呢？我们能否确保没有一个死囚是可以挽救的？甚至能保证没有一个人是被冤枉的吗？在这两种情况下，我们还能坦然接受死刑这种无法挽回的刑罚吗？就在昨天，即1957年3月15日，加利福尼亚州对伯顿·阿博特（Burton Abbott）执行了死刑，他因谋杀一名14岁的女孩而被判处死刑。我认为这是一种令人发指的罪行，罪犯属于不可挽救一类。尽管阿博特一直坚称自己是无辜的，但他仍被判处有罪。他的行刑时间定在3月15日上午10点。上午9点10分，缓刑令下达，辩护律师提出了最后的上诉[21]。到了11点，上诉被驳回。11点15分，阿博特被带进了毒气室。11点18分，他吸入了第一口气体。11点20分，特赦委员会的秘书打来电话，表示委员会改变了主意。他们试图联系州长，但州长当时正在海上，于

---

21 值得注意的是，在美国监狱中，通常的做法是在囚犯执行死刑的前一天将其转移到另一个牢房中，并向其告知即将进行的仪式。

是他们直接联系了监狱。尽管人们迅速采取行动将阿博特从毒气室中拉出，但为时已晚。如果昨天加利福尼亚上空有暴风雨，州长就不会出海。如果能够早两分钟打电话，那么阿博特今天可能还活着，甚至有可能看到他的冤屈得到昭雪。即使是最严厉的任何其他刑罚也会给他这样的机会。然而，死刑却剥夺了他所有的希望。

这起事件似乎只是一个例外。然而，我们的生活充满了偶然性，在我们短暂的生命中，这样的事情就发生在我们身边，距离我们只有十个小时的飞行距离。如果我们相信报纸的报道［例如德艾案（Deshays），这只是最近发生的一个例子］，阿博特的不幸并非个案，而是众多类似事件的缩影，社会上存在许多类似的情况。法学家欧力威克鲁瓦（Olivecroix）在十九世纪六十年代研究了一系列真实的误判案例，计算出了司法错误的概率，得出的结论是大约每 257 起案件中会有一个无辜的人被判有罪。这个比例听起来很低吗？从一般的刑罚角度来看，比例并不高。但如果从死刑的角度来看，这个比例就变得无法估量了。雨果曾写道，在他心中雷素克（Lesurques）就是断头台的代名词[22]，他的意思不是说所有被送上断头台的犯人都是雷素克，而是因为只要有一个雷素克，断头台就会永远蒙羞。我们知道比利时在一起司法错误之后永久放弃施行死刑，英国在海斯（Hayes）案之后也将废除死刑提上日程。我们也可以理解一位总检察长在被询问是否要赦免一位嫌疑犯时的回答。尽管这位嫌疑犯很可能有罪，但受害人尚未被找到。总检察长写道："X继续活着为当局提供了进一步研究后续出现的任何关于其妻子新线索的可能

---

22 这是在里昂信使案中被送上断头台的无辜者的名字。

性[23]……相反，如果对他执行死刑，这种检验便失去了假设的可能性，我担心，那些微小的线索仅剩下理论的价值，我不想成为悔恨的推手。"在这里，我们可以感受到对正义和真相的执着追求，这种情感表达得异常动人。在审判过程中，应该有很多情况能让我们想起"悔恨的推手"，这也概括了每个陪审员所面临的困境。一旦无辜者死去，确实再也没有人能为他做任何事情，除非还有人为他平反。然后他将恢复他的名誉，找回他的清白，而实际上他本来就是清白的。但他所遭受的迫害，他的痛苦，以及他恐怖的死亡，将永远无法挽回。我们只能为未来可能出现的无辜者多加考虑，以免他们继续受到这种痛苦的折磨。比利时已经做到了。在我们这里，人们的良心似乎没有一丝不安。

---

23 被告人被指控杀害了他的妻子。但是，我们一直没有找到她的尸体。

毫无疑问，人们的良心所依赖的基础是正义应与科学齐头并进。当专业的科学家在法庭上阐述论据时，他们的言辞如同神职者的布道，而将科学视为信仰的陪审团成员则频频点头。然而，最近发生的一些事件，特别是贝纳德案（Besnard），向我们展示了专家们所能引发的闹剧。罪行的确认并不像试管中的实验，即便是再精准的实验也不能确保结果的准确。其他专家也可能在实验中得出截然相反的结论，在这些危险的实验中，个人主观偏见仍然扮演着关键角色。真正具备真知灼见的科学家的比例与深谙心理学的法官的比例相同，又几乎与认真客观的陪审团成员的比例相当。今天和昨天一样，人们会误判，到了明天，误判的可能性仍然存在。未来，另一个检测结果可能会宣布阿博特是无辜的。然而，那个阿博特已经死去，从科学意义上讲，他已经死去了。科学宣称自己既能证明无辜也能证明有罪，但它尚未能成功地将被杀死的人复活。

让我们更深入地探讨一下那些受刑的人，我们是否确定只处决了那些不可救药的罪犯呢？每一个曾经参与过陪审团庭审的人，包括我在内，都知道即便是死刑判决，其中也充满了许多偶然的因素。被告人的外貌、他的前科记录（例如，通奸行为在陪审团成员看来往往属于加重罪行的情节，然而我绝不相信所有的陪审团成员都能保证自己永远忠诚），他的态度（人们通常较为传统，大多数情况下，表演性质的态度对嫌犯更为有利），甚至他的言辞表达（经验丰富的嫌疑犯知道既不应该口吃也不应该说得太流利），以及那些能在情感上引起共鸣的故事（不幸的是，真相并不总是那么感人），所有这些偶然的因素都可能影响到陪审团最终的决定。在死刑判决的关键时刻，我们必须认识到，这种极端严厉的刑罚实际上是在一系列不确定因素的共同作用下产生的。当了解到最终判决依赖于陪审团对减刑情节的评估时，特别是当我们知道 1832 年的改革赋予了陪审团在判决中对不明确情节进行减刑的权力时，我们可以想象到陪审团成员在那一刻的心情是如何影响案件结果的。法律已经不再明确规定在何种情况下应该判处死刑，而是由陪审团根据具体情况做出最终裁决。由于每个陪审团都是独一无二的，因此，对于那些被执行死刑的人来说，如果他们面对的是另一个陪审团，判决结果可能会有所不同。在伊勒-维尔讷省（Ille-et-Vilaine）正直的人们眼中，嫌犯可能是不可救药的，而在瓦尔省（Var）的良好公民眼中，他可能会被给予某种程度的谅解。不幸的是，同一把铡刀在这两个地区都会落下，铡刀并不会做任何区分。

时间的偶然与地理的偶然交织在一起，共同描绘出一幅荒诞不经的画面。一名法国共产主义工人因为在阿尔及利亚的一家工厂更衣室放置炸弹（幸好炸弹在爆炸前被发现），最终被判处死刑，走上了断头台。这固然与他的个人行为有关，但更深层次的原因在于社会环境。在如今的阿尔及利亚，人们渴望向阿拉伯民众展示即使是法国人也无法逃脱断头台的制裁。同时，他们也试图迎合法国国内对于恐怖主义罪行的强烈愤慨。然而，下令执行这次处决的部长竟然接受了来自其选区内共产党的选票。如果当时的情况稍有不同，这名被告人或许就能轻松地摆脱罪名，甚至有可能成为代表该地区共产党的议员，有朝一日与那位部长在同一个酒馆里举杯共饮。这样的想法确实令人痛苦，我们期望我们的领导人能够铭记这些苦涩的教训。他们必须认识到，时代和风俗在不断变迁，终有一天，那些被过于仓促地处决的罪犯将不再显得那么十恶不赦。然而，遗憾的是，等我们意识到这一点时，往往为时已晚，我们只能陷入无尽的悔恨或选择遗忘。当然，我们选择了遗忘。但是，社会仍然承受着这些事件带来的深远影响。正如希腊人所信奉的那样，未受惩罚的罪行会玷污城市的纯洁。同样地，被冤枉或量刑过重的罪犯也会给城市带来污点。作为法国人，我们应该对这一点有着深刻的理解。

这就是人类司法的现状。有人可能会说，尽管它存在缺陷，但仍然比独裁的暴行要好。然而，这种勉强的评价只能在面对普通刑罚时才被接受。在死刑的判决面前，这种评价是令人难以容忍的。一部法国经典法律著作为了说明死刑不可以分级，写道："人类的司法根本没有能力去保障这种比例。为什么？因为司法深知自己的不完美。"那么，我们是否应该依赖这种不完美，认为我们有权做出如此绝对的判决，当社会不确定能够实现纯粹的正义时，就必须冒最大的风险来实施最高程度的不公正[24]？如果司法意识到自身的脆弱，难道不应该更

---

24 人们庆幸于赦免斯永（Sillon）的决定，他于近期杀害了自己四岁的女儿，原因是他不想把她交给想要离婚的孩子母亲。实际上，在斯永被拘留期间，人们发现他患有脑瘤，这也许可以解释他的疯狂行为。

为谦逊些，留下足够的余地，以便可能发生的错误可以得到纠正吗？司法寻找减轻责任的理由，难道不应该也给被告人同样的机会吗？陪审团是否可以合理地说："如果我因疏忽而冤杀了你，考虑到我们共同的人性弱点，你会谅解我。但我在判你死刑时，却没有考虑这些弱点或人性本质"？在错误和迷失中，人们似乎都经历着相似的心境。然而，这种心境是否只适用于法庭的成员，而被告人却被剥夺了犯错和迷失的权利呢？答案是否定的。如果司法在这个世界上还有其存在的意义，那么它必须承认这种共同的心境；司法的本质不能与慈悲相割裂。当然，这里的慈悲仅仅是对痛苦的共情，而非对受害者痛苦和权利的轻视或放任。我们并非主张排除惩罚，而是主张暂缓最终的定罪，反对最终、无法挽回的刑罚，它对整个人类来说都是不公正的，因为它没有给予那些处于共同困境中的人应有的关怀。

坦白地说，有些陪审团成员虽然深知某些罪行是无法被宽恕的，但他们仍然选择减轻刑罚。这是因为他们认为死刑可能过于极端，更愿意选择较轻的惩罚。过于严厉的刑罚不仅无法抑制犯罪，反而可能助长犯罪。在法庭审判中，我们经常看到新闻报道中关于判决看似不合理的情况，要么判得太轻，要么太重。但陪审团并非对此视而不见。简而言之，陪审团成员也是普通人，在面对死刑这种极端严厉的惩罚时，他们宁愿被别人看作傻瓜，也不愿因为良心不安而在日后无法入睡。他们明白自己的局限性，只能尽力做出适当的裁决。尽管这种逻辑听起来有些荒谬，但真正的正义是站在他们这一边的。

然而，也有一些性质极其恶劣的罪犯，无论在何时何地，都会受到全体陪审员的一致定罪。他们的罪行无可辩驳，证据确凿，与庭审自白完全吻合。他们的行为异常残忍，已经达到了病态的程度。然而，在大多数情况下，精神病学家并不会认为他们可以免责。最近在巴黎就发生了这样一个案例。一个性格温和、热情的年轻人，与家人关系亲密，却因为父亲责备他晚归而感到愤怒。这个年轻人趁父亲坐在餐桌前阅读时拿起一把斧头从背后连砍数下，导致父亲死亡。然后，他又以同样残忍的方式杀害了在厨房的母亲。他剥下自己的衣服，将沾满血迹的裤子藏入衣柜，然后冷静地去拜访未婚妻的父母，接着回到家里通知警方发现了父母的尸体。警方轻而易举地找到了带有血迹的裤子，然后这位弑亲的孽子平静地道出了犯罪经过。根据精神病学家的判断，这名杀人犯因为愤怒而杀人。然而，他在监狱里表现出的冷漠与怪异（他对父母的葬礼有很多人参加感到满意，并对律师说："他们非常受爱戴。"）显然异于常人。但是他的推理能力似乎完全正常。

许多"怪物"都拥有同样难以捉摸的面孔。仅仅根据他们的行为，我们就可以宣判他们应该被肃清。从事实来看，他们所作所为过于恶劣，我们无法想象他们会忏悔或改邪归正。我们的唯一目标就是防止他们再次作恶，而除了消灭他们之外，别无选择。只有在这个特定的情境下，关于死刑的争论才显得合理。在其他所有情况下，保守派的主张都会在废除死刑派的批评面前败下阵来。由于我们对这些人了解甚少，这种局限性迫使我们不得不冒险。有些人主张应给予他们最后的机会，但也有人认为这种机会是空谈，毫无意义。没有任何事实或推理能够判断这两种观点的对错。或许，在这个最后的界限上，我们能够超越支持者和反对者长期以来针对死刑的对立，通过评估今天欧洲死刑的实际应用来达成共识。虽然我学识浅薄，但我会尽力遵从瑞士法学家让·格拉文（Jean Graven）教授的愿望，他在1952年写过一篇关于死刑问题的优秀论文：

……当这个问题再次摆在我们良知和理性的面前时，我们认为解决方案不应该仅仅依赖于过去的观念、问题和论点，也不应该仅仅依赖于对未来的理论期望和承诺。相反，我们应该基于当前的思想、数据和需求来寻找答案。[25]

实际上，我们可以无休止地争论死刑在过去几个世纪或在理想的天堂中所带来的好处或破坏。但死刑在此时此刻发挥着作用，我们必须在此刻面对现代的刽子手时，明确自己的立场。对于生活在世纪中叶的人们来说，死刑意味着什么呢？

简而言之，我们的文明已经摒弃了唯一能够以某种方式证明这种惩罚合理性的价值观，反而承受着需要废除死刑的痛苦后果。换句话说，我们社会的有识之士应该主张废除死刑，这既是出于逻辑上

---

25 《犯罪学与警务技术评论》（Revue de Criminologie et de Police Technique），日内瓦，1952年特刊。

的考虑，也是基于现实的判断。

首先，从逻辑上讲，决定一个人必须受到极刑的惩罚，就等于剥夺了他弥补过错的机会。我们再次强调，争论往往在这个问题上盲目进行，陷入一种无用的对立。然而，我们中的任何人都无法在这个问题上做出绝对公正的决断，因为我们既是评判者又是当事人。正因为如此，我们对自己行使杀人权利的合理性感到不确定，也无法说服彼此。没有绝对的清白，就无法做出至高无上的裁决。然而，我们所有人都在生活中犯过错误，即使这些错误没有触犯法律，也可能构成某些未知的罪行。没有人是完全正义的，只有在面对正义时，我们才会显得谦卑。生活至少让我们意识到这一点，并促使我们在一生的行为中多做善事，以部分弥补我们在世界上造成的恶。弥补的机会与生存的权利紧密相连，是每个人的自然权利，即使是最坏的人也不例外。最恶劣的罪犯和最正直的法官在这里肩并肩前行，共享着同样的命运。如果没有这种权利，道德生命将不复存在。我们中的任何人都没有权利对任何一个人感到绝望，除非他已经离世，他的生命已经画上句号，那时才能做出最终的判断。但在一个人还活着的时候，没有人有权宣布最终判决，就像债权人在债务人还未去世时就急于清算债务一样，这是不正确的。至少在这一点上，做出绝对判断的人就是在进行绝对的自我谴责。

马苏伊（Masuy）团伙*成员贝尔纳·法洛**（Bernard Fallot）曾为盖世太保效力，在被判处死刑后，他承认了自己犯下的许多可怕罪行，勇敢地

---

* 特指与比利时纳粹合作者、盖世太保官员和战犯皮埃尔·马苏伊（Pierre Masuy）有关的团体。皮埃尔·马苏伊在"二战"期间担任盖世太保在比利时的负责人，参与了对抗抵抗运动的活动，并在战争结束后被指控犯有战争罪行。——译者注
** 法国盖世太保成员之一。——译者注

面对死亡。他宣称自己不能被宽恕,并对一位狱友说:"我的手沾满了太多的鲜血。"[26] 公众和法官们无疑将他视为不可救药之人,如果我没有读到一份令人惊讶的证词,我可能会倾向于接受这个观点。法洛在公开表示希望勇敢面对死亡后,又对同一个朋友说:"你想知道我最深的遗憾吗?好吧!那就是我没有更早地了解我手中的这部《圣经》。我向你保证,否则我不会走到现在这一步。"这并不是为了迎合某种传统的想象,也不是为了唤起人们对维克多·雨果笔下好囚犯的记忆。在启蒙时期,人们主张废除死刑的一个主要理由是基于人性本善的观念。然而,现实情况远比这复杂,人性的善恶并非一成不变。在过去的二十年里,我们深刻体

---

26 让·博科加诺(Jean Bocognano),《弗莱斯监狱的野兽区》(Quartier des Fauves, Prison de Fresnes),弗泽(Fuseau)出版社。

会到了这一点。正因为人性并非天生善良,我们任何人都不能自诩为绝对的道德裁判,也没有权力决定那些犯下重罪的人的生死,因为我们自己也无法保证绝对的清白。死刑的存在破坏了人类在面对死亡时所展现出的唯一无可争议的团结,这种团结只能由超越人类的真理或原则来赋予合法性。

事实上,几个世纪以来,极刑一直是一种宗教惩罚,通常以国王的名义实施,因为国王是上帝在人间的代表。有时由牧师实施,或者作为神圣身体代表的社会来执行。极刑打破的并非人类作为一个整体的团结,而是将罪犯驱逐出赋予他生命的神圣共同体。虽然他被剥夺了尘世的生命,但他的弥补机会仍然存在。真正的判决还没有宣布,那将是另一个世界的事了。只有宗教价值观,尤其对永生的信奉,才能为极刑提供道德基础。根据宗教逻辑,这种惩罚不再最终确定且不可逆转。只有在极刑不是绝对刑罚的情况下,它才具有合理性。

天主教会一直认为死刑有其存在的必要性。在历史上，教会在许多时期都亲自执行过死刑，并且毫不犹豫地行使这一权力。如今，教会仍然支持死刑，并认可国家拥有执行死刑的权力。尽管教会的立场已经有所转变，但我们仍然可以从中体会到一种深刻的情感，这种情感在1937年瑞士弗里堡的一位国民顾问在国家委员会关于死刑的讨论中得到了直接表达。这位名叫格兰特（Grand）的先生表示，面对如此严厉的刑罚，即使是最恶劣的罪犯，也会对自己的罪行进行反思。

他的确忏悔了，死亡的迫近使他感到懊悔。教会拯救了一个成员，完成了神圣使命。这就是教会一直认同死刑的原因，这不仅是一种合法的防御手段，而且是一种救赎灵魂的强大手段[27]……就算教

---

27 我想强调这句话。

会不想干涉死刑的事情，死刑还是会发挥某种近乎神圣的效应，就像战争一样。

根据同样的逻辑，人们可能会在弗里堡刽子手的剑上看到"主啊，耶稣，你是法官"这句话。刽子手被赋予了神圣的使命。他是那个摧毁身体以将灵魂交给神审判的人，在此之前没有人可以预先做出判断。这种说法可能会引起一些误解。对于那些虔诚的基督徒来说，这把剑是对基督人格的亵渎。在这个背景下，我们可以理解一个俄国囚犯在1905年被沙皇的刽子手处以绞刑时所说的恐怖言论，他对来劝解他的牧师说："走开，不要亵渎神灵。"无神论者很难不这样想：那些人的信仰核心就是司法误判的让人心有戚戚的受害者，他们至少应该对合法杀戮持保留态度吧。信徒们需要被提醒，皇帝朱利安在皈依之前，就已经不想让基督徒担任公职，因为这些人清一色地拒绝宣判死刑或参与其中。在长达五个世纪的时间里，基督徒都认为他们的主的严格道德教导是禁止他们杀人的。但是，天主教的信仰不仅仅依赖于基督的个人教导，还从旧约、圣保罗和其他教父那里汲取了营养。特别是灵魂的永生和身体的复活都有明文记载。因此，死刑对信徒来说仍然是一种暂时的惩罚，它搁置了最终的判决，只是一种维持地球秩序的必要措施，一种行政措施。其目的不但不是惩罚罪犯，结束其生命，反而可能帮助他获得救赎。我并不是说所有的信徒都这么想，我毫不怀疑一些天主教徒的思想可能更接近基督而非摩西或圣保罗。我只是说，笃信灵魂不朽使天主教能够以非常不同的方式看待死刑的问题，并为死刑辩护。

在我们生活的世俗化社会中，制度和行为规范都根植于尘世。那么，在这种背景下，为死刑进行辩护又意味着什么呢？当一位无神论者、怀疑主义者或不可知论者的法官判处一个无信仰的罪犯死刑时，他实际上是在下达一个无法更改的最终裁决。他将自身置于类似上帝的位置[28]，却缺乏上帝的力量，甚至根本不相信上帝的存在。他的行为无异于杀人，仅仅是因为他的祖先曾信奉永生。然而，他所代表的社会实质上是在宣称一种纯粹的淘汰机制，这破坏了人类团结一致对抗死亡的共同体意识，并因为拥有绝对的权力，而自诩为代表社会绝对的价值标准。传统惯例规定派遣一名神父去见罪犯。神父或许能合理地期望，对惩罚的恐惧将促使罪犯悔过自新。然而，用这种算计来证明一种通常在完全不同的精神指导下施加和接受的惩罚，又是谁能接受的呢？在恐惧面前相信是一回事，在恐惧之后找到信仰又是另一回事。通过火刑或断头台实现的转变总是令人怀疑的，我们还以为教会

---

28 众所周知，陪审团在做出决定之前会先说一句："在上帝和我的良心面前……"

已经放弃了通过恐怖手段来征服异教徒的策略呢。无论如何，已经抛弃宗教皈依行为的世俗化社会并不能从其中获得任何益处。社会使用这样一种神圣的惩罚，却剥夺了其初衷和效用，在主旨问题上变得混乱，单纯以霸道的方式消除内部的"坏人"，好像社会就是美德本身一样。这就好比一个正直的人杀死他误入歧途的儿子，然后说："我真的不知道该怎么办了。"社会认为自己拥有筛选的权力，仿佛社会就是自然本身，并在筛选的过程中造成了巨大的痛苦，仿佛社会自己就是救世主一样。

无论如何，声称一个人因为过于邪恶就应该被社会完全剔除，这等同于说这个社会是绝对善良的，这是今天任何有理智的人都不会相信的。人们不会相信这一点，反而更容易相信相反的观点。我们的社会变得如此肮脏和罪恶，是因为社会将自己树立为最终目标，除了自身的存续或历史成就之外，不再尊重其他任何事物。当然，社会已经去宗教化了。然而，自十九世纪开始，社会将自己构建为宗教的替代品，将自己塑造成被崇拜的对象。进化论和伴随而来的选择观念已经为社会的未来设定好了最终目标。这些理论所衍生的政治乌托邦构想了一个理想化的黄金时代，以此为所有努力的正当性提供先验辩护。社会逐渐习惯于将那些看似有益于其未来发展的行为合理化，进而导致了对极刑的绝对滥用。自那时起，任何偏离其既定计划和世俗信条的行为都被视为犯罪和亵渎。换言之，原本为教会服务的刽子手如今已转变为政府的公务员。这种转变的后果已然显现于我们的周遭。综上所述，身处本世纪中叶的社会已然丧失了判处死刑的逻辑基础与权力合法性，基于现实的考量，我们应当废除死刑。

在我们的文明中，犯罪的定义究竟是什么？答案其实相当简单：在过去的三十多年里，国家所犯下的罪行远远超过了个人犯罪的总和。我甚至还没有提及战争，无论是全面战争还是局部冲突，尽管鲜血也具有一种令人沉醉的力量，长时间的流血冲突会让人如同饮用了最烈性的酒一般失去理智。直接由国家之手造成的死亡人数已经达到令人难以置信的天文数字，远远超过个体谋杀案件的数量。触犯普通法律的罪犯越来越少见，而政治犯的数量却在不断增加。证据就是，我们每个人，无论地位多么显赫，都可能面临某一天被判处死刑的风险，而在本世纪初，这样的可能性看起来几乎是不可思议的。还记得阿尔方斯·卡尔（Alphonse Karr）曾经戏谑地说过："让杀人犯先生们动手吧！"这句话在现在看来已经毫无意义。那些造成最多流血的人，往往正是那些自认为拥有权力、逻辑且和历史站在一边的人。

因此，我们所需要防范的并非个人，而是国家本身。或许在三十年后情况会发生逆转。但就目前而言，正当防卫的首要目标应该是国家。出于正义和现实的考虑，法律必须保护个人免受陷入宗派主义或疯狂状态的国家侵害。"让国家开始筹划废除死刑吧！"这应该成为我们今天共同发出的呼声。

有人说，法律本身血迹斑斑，会使道德也被玷污。但对于一个特定的社会来说，尽管有时会陷入混乱的状态，其道德却永远无法比肩法律的血腥程度。欧洲的一半地区都经历过这种情况。我们法国人曾经经历过，也可能再次经历。占领时期的杀戮导致了解放后的杀戮，被害人的盟友做梦都想着复仇。在许多地方，背负着太多罪行的国家正准备通过更大的屠杀来掩盖自己的罪行。我们为了神化的国家或阶级而杀人，为了神化的未来社会而杀人。那些认为自己无所不知的人想象着自己也无所不能。一些世俗的偶像要求大家对他有绝对的信仰，不断地宣布实施极刑。而那些信念不足的宗教大规模地杀死那些没有希望的犯人。

如果不坚决采取一切措施来保护个人免受国家

的压迫，欧洲社会如何在世纪中叶维持其生存呢？废除死刑无异于公然宣称社会与国家并非至高无上的价值准则，无权施加最严厉的惩罚，亦不得造成不可逆转的后果。如果没有死刑，加布里埃尔·佩里（Gabriel Péri）[*]和布拉西拉（Brasillach）[**]可能仍然与我们同在。这样，我们就可以根据自己的观点来评价他们，自信地表达我们的判断，而不是任由他们评判我们，我们还必须保持沉默。如果没有死刑的存在，拉依克（Rajk）[***]的遗体就不会让匈牙利感到羞耻，罪行较轻的德国也能在欧洲获得更

---

[*] 法国政治家。自1929年起担任法国共产党中央委员会委员。1932年被选为法国国民议会代表。1939年，随着第二次世界大战的爆发，他转入地下活动。1941年被捕，后被枪决。——译者注

[**] 法国作家，曾任《法兰西行动报》文学主编，鼓吹法西斯主义，因思想罪行被处决。——译者注

[***] 匈牙利共产党领导人，1949年被以铁托分子、间谍特务、阴谋复辟资本主义等罪名判处死刑。——译者注

加友好的待遇，俄国革命不会在耻辱中挣扎，阿尔及利亚人的鲜血也不会如此沉重地压在我们的良心上。如果没有死刑，欧洲就不会被二十年来在其贫瘠土地上堆积如山的尸体所毒害。在我们的大陆上，所有的价值观都因为恐惧和仇恨而被颠覆，无论是人与人之间，还是国家之间。思想的斗争在绞索和断头台之间展开。人类社会和自然不再能够行使镇压的权利，取而代之的是那些要求人类牺牲的意识形态。人们或许会这样描述："断头台的出现象征着当社会认为杀戮具有价值时，生命便不再被尊崇为神圣。"[29] 然而，这种情形似乎越发普遍，相似的案例层出不穷，宛如一种传染病般扩散。这引发了虚无主义的混乱。因此，我们必须坚决采取行动，明确确立人类高于国家的理念和制度。任何

---

29 艾德蒙·弗兰卡特（Edmond Francart）。

减轻社会力量对个人压迫的措施都将有助于缓解欧洲所承受的血腥苦难,从而促使欧洲进行深刻反思并走向康复。欧洲的问题在于虽然不相信任何事情,却自以为洞悉一切。然而实际上,它并非无所不知。从我们的反抗和希望中可以看出,欧洲仍然坚信某些事物——在某个神秘的极限内,人类的极端苦难可以激发出无限的崇高。大多数欧洲人已经失去了信仰,随之而来的是对使用惩罚手段来维护社会秩序的支持。然而,大多数欧洲人也厌恶那些试图取代信仰的国家偶像崇拜。如今,我们已经走了一半的路程,既坚定又迷茫,决心不再忍受压迫也不再去压迫他人。我们应该同时承认我们的希望和无知,拒绝绝对的法则和不可挽回的制度。我们所知道的,已经足以让我们判断某个重罪犯应该被判处终身服役。但我们了解的还不足以决定是否应该剥夺他的未来,也就是剥夺我们共同弥补的机会。因此,在未来联盟的欧洲,庄严废除死刑应该成为我们都期望的欧洲法典的第一条。

从十八世纪的田园诗般的人道主义走到血腥的断头台,这条道路并不曲折。如今,我们都知道,刽子手们自诩为人道主义者。因此,在探讨死刑这类问题时,我们不能过分依赖人道主义的意识形态。在本书末尾,我想再次强调,我反对死刑并非出于对人性本善的幻想,亦非对理想社会的盲目期待。相反,我认为废除死刑是基于合理的悲观主义、逻辑思维和现实需求的考量。当然,这并不意味着我在讨论这个问题时毫无感情投入。对于那些深入研究过有关断头台的文献、回忆录和历史人物的人来说,很难轻易摆脱那些恐怖场景带来的心理阴影。然而,正如我反复强调的那样,这个世界并非毫无章法。我们不应屈服于现代社会的某种倾向——将受害者和加害者混为一谈。这种情感上的混淆与其说是慷慨,不如说是源于懦弱,最终便会演变为替世间最恶劣的行为辩护。当人们不断为恶行祈福时，他们也会为奴隶营、怯懦的势力、有组织的刽子手和政治巨兽的犬儒主义送上祝福；最终，这些人还会背叛自己的同胞。这种现象在我们身边屡见不鲜。正因如此，在这个时代背景下，人们需要具有康复作用的法律和制度来约束自己，同时避免被其压垮。这些法律和制度应能引导人们走向正确的方向，而不是让他们陷入无政府状态的混乱之中。在历史洪流的无情推动下，人类需要遵循一定的物理规律和平衡法则。简而言之，我们需要一个理性的社会，而不是那种被个人骄傲和国家过度权力所淹没的无政府状态。

我坚信，废除死刑将推动我们迈向一个更加文明的社会。法国可以作为先驱者率先采取这一行动，并倡议将此理念推广至铁幕两侧尚未废除死刑的国家。无论如何，法国都应成为引领变革的典范。在刑罚体系中，死刑将被强制劳动替代。对于那些被认为无法挽救的罪犯，他们将面临终身监禁；而对于其他罪犯，则可能面临有期限的监禁。对于那些认为这种处罚比死刑更为严苛的人，我们会惊讶地发现他们并未建议在类似兰德里（Landru）这样的案件中保留死刑，反而希望对次一级的罪犯执行死刑。我们会提醒这些人，强制劳动给予罪犯选择死亡的权力，而断头台却是一条不归路。对于那些认为强制劳动是一种过于轻微惩罚的人，我们首先会指出他们缺乏想象力，然后再强调，在他们眼中，剥夺自由竟然被视为一种轻微的惩罚，这恰恰反映出当代社会已经让我们学会了蔑视自由[30]。我们应

---

30 另请参阅 1791 年 5 月 31 日国民议会代表杜邦（Dupont）关于死刑的报告："一种辛辣和炽热的情绪消耗着他（凶手）；他最害怕的是无所事事；这种让他与自己独处的状态。正是为了摆脱这种状态，他需要不断地挑战死亡并寻求死亡；孤独和他的良知，这就是真正折磨他的东西。这难道不是在告诉我们应该对他施加什么样的惩罚吗？什么样的惩罚会让他内心受到冲击？当我们看到疾病的本质，难道不应采取正确的治愈方法吗？"我想强调最后一句话，正是这句话，使这位鲜为人知的代表成为我们现代心理学的真正先驱。

该从《旧约》中汲取的教训是，该隐不应遭受杀戮，而应让他成为人们眼中的警示标志。这一点更是在福音书中得到进一步论证，而不仅仅通过摩西律法的残酷案例获得启示。如果我们的议会仍无法采取这一伟大的文明举措——永久废除死刑——以弥补其在酒精问题上的决策失误，那么我们或许可以尝试在我们这里实施一项有时间限制的试验（例如，为期十年）。然而，法律如果只知道消灭那些不知该如何教化的社会成员，公众舆论及其代表又懒惰到为了消除他们不知如何改正的问题而坚持拥护这种法律，那么至少在等待复兴和真理到来的那一天之前，我们不应让这个"庄严的屠宰场"[31]玷污我们的社会。死刑，无论多么罕见，都是一种令人厌恶的屠杀，对人的身体和尊严构成侮辱。这种剥

---

31 参见加布里埃尔·塔尔德（Gabriel Tarde）在《社会科学经典》（Les Classiques des Sciences Sociales）中的文章。

夺生命、活生生地被连根拔起、留下长长血迹的行为，其实源自一个野蛮的时代，那个时代认为令人羞耻的场面可以震慑人民。如今，这种令人不齿的死亡方式被轻率地实施，其背后的意义究竟何在？事实上，在核能时代，我们的杀戮手段却与石器时代无异。任何一个正常且富有同情心的人，只要想象一下这种野蛮的外科手术，都会感到极度的不适。如果法兰西不能在这个问题上超越自我，并为欧洲提供必要的解决方案，那么它应当首先对死刑的执行方式进行改革。那些用于大规模杀戮的科学手段，至少可以用来更加体面地结束生命。麻醉剂可以使被判死刑的人在沉睡中离世，至少在生命的最后一日里，他能保持清醒，自由地使用他的时间；如果他心怀恶意或意志薄弱，可以以另一种形式给予他药物，以确保生命的终结。如果我们坚持要这么做，那至少能在如今这个肮脏污秽的环境中保留一丝体面。

我之所以提出这些妥协的办法，是因为在某些时刻，那些肩负着未来的人并不具备足够的智慧，也不能真正代表文明的进步，这种状况让人感到无比绝望。对于某些人来说，他们所承受的苦难远比人们想象的要深重得多。他们深刻理解死刑的真正含义，却无力阻止其执行，这种身心上的煎熬是难以言喻的。他们用另一种方式默默承受着这种痛苦，却从未得到过公正的对待。至少，我们应该努力减轻那些沉重、污秽的画面给他们带来的负担，因为社会并不会因此而失去什么。然而，这还远远不够。只要死亡仍然在法律中存在，我们就无法在个人心灵深处或社会习俗的层面上实现真正的持久平和。